LES FANATIQUES MODERNES.

Ou véritable, ou faux, mon culte est nécessaire,
VOLTAIRE.

PAR C. P***.

A PARIS,

Chez les marchands de nouveautés.

AN X.

AVIS.

Sɪ nous avons été un instant l'admiration de
l'Europe, nous en sommes aujourd'hui la
dérision : en effet, dans un demi-siècle on
regardera comme un roman la vogue actuelle
des principes anti - philosophiques ; on ne
pourra se persuader que nos citadins aient
été assez inconséquens, assez versatiles, assez
absurdes pour afficher une superstition sotte et
dégradante, après s'être traîné dans la fange
de la démagogie, l'égout du Maratisme.

Quelle idée l'histoire concevra-t-elle de
nos contemporains ? Pour concilier leurs
disparates éternelles, elle concluera que le
troupeau qui peuple nos grandes villes et

figure dans nos sallons, sous le nom de *Bonne Compagnie*, était un attroupement de singes ou de marionnettes animées, parlant par un moyen mécanique; mais dépourvu de la faculté de penser. Ils ont bien prouvé, ces *hommes-machines*, que la raison n'était pas faite pour eux. Toutefois qu'ils cessent de calomnier le peuple, il vaut mieux que leur vile espèce. Le peuple a le bon sens naturel pour lui ; il n'est point aveuglé par l'intérêt personnel, par les préjugés, fruits d'une éducation vaniteuse, dont les fausses lumières, les idées rétrécies sont beaucoup plus funestes qu'une ignorance absolue. L'homme qui ne sait rien peut s'élever de bonne-foi à la vérité ; il n'est pas arrêté dans son essor par des considérations puériles, des inductions erronées qui offusquent son entendement : au lieu que l'homme qui sait mal doit oublier d'abord ce qu'on a entassé dans sa tête avant d'acquérir des idées saines et arriver d'un pas sûr à la raison.

Non, le peuple n'est pas fait pour l'erreur il n'y a qu'un rafinement d'égoïsme, une ambition démésurée qui puisse faire admettre et soutenir ce paradoxe étrange. Les peuples imbéciles et superstitieux ne sont ni heureux ni moraux ; la civilisation, l'industrie et les mœurs n'ont d'empire en Europe que dans les contrées dont on a banni, sans retour, les superstitions minutieuses du culte catholique : mais cette subversion du sens commun et des principes raisonnables sera aussi passagère que les autres modes françaises.

Sans intérêt, enflammé par la seule raison, j'ose donc prédire au Clergé romain que son tromphe momentané lui prépare une chûte certaine. Allons, mes amis, persécutez encore un peu, mettez votre bibliothèque bleue en avant, composez des gazettes ecclésiastiques, des pamphlets absurdes, dégoûtans de superstition et d'une déraison choquante, bientôt les ci-devans adorateurs du Maratisme (*a*) vous replongeront dans la fange, où vous resterez engloutis sans retour.

(*a*) Les personnages qui ont jetté la Vierge par la fenêtre, *pissé* dans les calices, sont les mêmes qui peuplent les temples aujourd'hui, et qui sont les plus ardens apôtres du fanatisme, ce qui a fait composer à un poëte du jour ces deux vers :

« *Qui pour l'Egalité massacrait autrefois,*
» *Est prêt de massacrer aujourd'hui pour les rois.* »

LES FANATIQUES

MODERNES.

Courage, amis; forts de vos impostures,
A des raisons opposez des injures;
Du fanatisme aiguisez le poignard,
Faites hurler votre clique hébétée.
Qui ne croit pas à Jésus le bâtard
Chez vous, en pompe, obtient le nom d'Athée.
Dans nos *beaux jours* vous en usez fort bien :
Cent fois malheur à qui n'est pas chrétien.
Prêchez encor les erreurs de nos pères;
Enfin la mode a ramené la croix.
Qui peut douter aujourd'hui, qu'*un fait trois*,
Est à coup-sûr un scélérat, mes frères.
De la raison éloignez les flambeaux.
Oui, la sagesse; oui, la philosophie
Rend les humains factieux, immoraux;
On se fourvoye aux lueurs du génie
Et le bon sens a causé tous nos maux.
Continuez, ô nation bigote !
Vos lourds efforts, vos pieuses clameurs;
Criez par-tout à la chûte des mœurs,
Cette innocente et bénigne marote,
Quoiqu'un peu vieille, aura force prôneurs,
Chez les enfans d'un peuple qui radote.

Mais est—il vrai que les prêtres, jadis,
Conservateurs de la morale auguste,
Ont au bon père, au mortel le plus juste,
Toujours ouvert le benoît Paradis ?
Non, un cagot, d'ailleurs couvert de crimes,
Qui se fessait, jeûnait les vendredis
Et du clergé sur-tout enflait les dixmes,
Près du Très-Haut était sur l'heure admis.
Mais le vrai sage, ami de la morale,
S'il dédaignait vos dégoûtans sermons,
Vos contes bleus, la crasse monacale
Pour gite avait le séjour des démons.

Vive pourtant, vive le tems des moines ;
Vive un cafard, vive un oisif cloîtré.
Le saint Esprit avait bien inspiré
Nos gras abbés et nos rians chanoines.
Voleurs sacrés de mille patrimoines,
Commodément ils damnaient les mondains.
De ces beats la morale était bonne :
Aveuglément soumis à la Sorbonne,
Le mariage excitait leurs dédains ;
Mais ils faisaient des enfans clandestins.
Ils voltigeaient de la tante à la nièce ;
De fils, d'épouse, ils ne se chargeaient pas :
Mais ils livraient à leurs honteux ébats
L'adolescence appellée à confesse.
Beaux directeurs, chez les époux reçus,
Rien n'arrêtait leur dévote entreprise ;

Et, si par-tout ils faisaient des cocus,
N'était-ce pas pour le bien de l'église?

Dans l'âge heureux de la peur des enfers
Nous jouissions des vêpres et des cloches,
De capucins nos bords étaient couverts:
Mais aujourd'hui les escrocs sont soufferts,
Publiquement on vole dans les poches.
Bon! Sans entrer dans ces vains démêlés,
Ces lieux communs qu'étalent nos affiches,
Mourant de faim auprès des moines riches
Le peuple, hélas! de misère accablé,
Pouvait-il craindre àlors d'être volé?
Non sûrement : sa nudité profonde
De coffre fort devait lui tenir lieu :
Mais en retour, l'église au nom de Dieu,
Lui promettait les biens de l'autre monde.
Patiamment vous deviez jusqu'au bout,
Afin d'atteindre à la céleste voûte,
Suivre, ô manans, votre pénible route.
Quand le clergé charitable avait tout,
Pour consoler et réjouir les autres,
Il leur offrait l'exemple des apôtres.
Son zèle ardent mêlait à ce ragoût
Les agrémens du j'ûne et d'un carême,
Par fois suivi d'un bel auto-da-fé.
Ainsi l'orgueil d'une mitre coëffé
Traitait jadis les enfans du baptême.

Superbe et bête et toujours inquiet,
Avec fureur le culte catholique

Persécutait l'imprudent hérétique,
Et le tondu qui croit à Mahomet.
Du vieux Jacob la race criminelle
Etait du pape encore le jouet ;
En attendant que la flamme éternelle
S'en empara : ces croyans, mal instruits,
Pieusement dans ce monde étaient cuits.
Vous me direz, messieurs, je le parie,
« Rien n'était mieux : précieuse furie !
» Quoi, ces païens, ces brigands effrenés
» Ne croyaient pas à la Vierge Marie,
» Et l'on aurait épargné ces damnés !
» Non, non, parbleu : nous aimons la brûlure.
» En attendant la douce éternité,
» Nous rotissons les gens par charité.
» Plus faible, en vain l'évangile en murmure;
» Cette leçon, soit dit sans âpreté,
» Apprend à vivre à la race future.
» Nous savons bien que le peuple indevot,
» Peu tourmenté de cette ardeur divine,
» Ose abhorrer aujourd'hui le fagot ;
» Et modérant sa fureur assassine,
» Il ne va plus jusques en Palestine
» Troquer ses biens, sa sueur et son or
» Contre la peste et de belles reliques.
» Dans le Pérou les tièdes catholiques
» Ont modéré leur homicide essor.
» A Pezenas, plus refroidis encor,
» Ils ne font plus la guerre aux hérétiques.
» Ah, c'est affreux ! le maudit siècle, hélas !

» Le philosophe a la sotte imprudence
» D'oser prêcher chez nous la tolérance;
» Tout est perdu, le pape est presque à bas.
» O jours charmans, ô fêtes regrettées,
» Où nous brûlions ces scélérats d'Athées !
» Mais ce beau tems peut encor revenir.
» A *Caprara* que l'on ouvre les portes,
» Livrons la France à ses noires cohortes :
» Gens tolérans, il saura vous punir,
» Gâre aux suppôts de la philosophie.
» Pour expier la révolution,
» Secrettement il les excommunie
» Jusqu'au grand jour où l'inquisition
» Nous défera de leur sequelle impie. »

Je sais, messieurs, que c'est là votre envie :
Au nom de Dieu, de la religion
Depuis mille ans vous promenez le glaive
Sur le Pérou, l'Inde, le monde entier ;
Oui, dans tous lieux on hait votre métier :
Et vous voulez que l'autel se relève !

La gent bénite et la clique des sots
A la raison ont declaré la guerre :
Son vif éclat est, selon nos cagots,
L'affreux signal des forfaits de la terre.
De *Sabatier*, misérables échos,
Près du vulgaire ils hurlent ces maximes.
Dans leurs sermons, leurs journaux et leurs rimes
Ils prêchent tous la sottise à l'envi.

Mais pourquoi donc le bon sens poursuivi
Est-il par eux noirci de tant de crimes ?
Tristes cafards, pourquoi ce grand courroux ?
Quels sont les torts de la philosophie ?
L'ignore-t-on ? c'est qu'elle est, entre nous,
Des charlatans l'implacable ennemie ;
Que, s'acharnant contre l'hypocrisie,
Ses mains cent fois ont fait, devant nos yeux,
Poser le masque à ce monstre odieux ;
Qu'elle banni l'éternelle sottise.
Dont le pouvoir fatiguait l'univers ;
Qu'elle calma tous les peuples divers,
S'entregorgeant à la voix de l'église ;
Qu'on ne voit plus le glaíve criminel
Verser le sang au nom de l'éternel.
Voilà le mal: quoi la raison s'oppose
Au fanatisme, à ces prestiges vains !
Quoi Dieu, selon ses discours trop humains,
Est assez fort pour soutenir sa cause ?
Quoi, plus de sang ? Quelle métamorphose !
Que la raison est une horrible chose !
Est-ce sa faute, imposteurs charlatans,
Si vos romans ont fait tant d'incrédules ?
Avouez donc que, depuis fort long-tems,
Vous paraissez bien sots, bien ridicules.
Est-ce sa faute, en un mot, si l'on rit
Du petit pain et de certains miracles,
Et si la foule a quitté Jésus Christ
Pour *Tivoli*, Lenôtre et les spectacles ?
Elle a honni les superstitions

Que parmi nous vomissait la Sorbonne :
Elle vous crie : « Eh , pour des visions ,
» Pauvres humains , ne brûlez plus personne. »

　　Mais voulez-vous écouter nos pédans
Et leurs prôneurs couverts d'opprobre et d'ambré :
Le philosophe a corrompu les gens :
Il a , de plus , éclairant les manans ,
Sur le sallon déchaîné l'anti-chambre ;
1 est auteur des crimes de septembre ,
Il a conduit sur des chars flétrissans
A l'échafaud des milliers d'innocens.
Osez vous bien , monstres d'hypocrisie ,
De cette horreur accuser de sang-froid
Et la sagesse et la philosophie ?
A ce trait là de votre bonne-foi
Je reconnais la candeur infinie.
Qui peut donner un roman , en effet ,
Inférieur même au Petit-Poucet
Pour une histoire auguste et véritable ,
Sur d'autres faits doit être très-croyable.
Cela s'entend : *la Sainte Trinité*
Prouve toujours qu'ennemis de la fable
Vos bons messieurs disent la vérité ,
Ainsi-soit-il. Revenons à l'histoire
Que les cafards nous veulent faire croire.

　　Donc nos penseurs , nos sages écrivains
Dans nos cités ont souflé le ravage :
Eux dont la plume , eux dont les traits divins

Dans tous les tems des brigands assassins
Ont combattu la monstrueuse rage!
Qui présidait aux masacres fameux
Exécutés par des bras frénétiques?
Serait-ce un Loke ou bien des Montesquieux?
Non: mais des Goths les hordes anarchiques,
Des ennemis de la saine raison
Comme *le Pape* et ses chers catholiques.
Oubliez-vous *Condorcet*, *Lamoignon*
Et *Lavoisier* par l'ignorance lâche
Abandonnés à l'implacable hache.
Le vandalisme, excitant les bourreaux,
Crioit alors du haut de la tribune:
« Du sang, du sang!.... Et d'infâmes journaux,
Toujours suivant le char de la fortune
Et le travers du moment favori,
Applaudissaient à cet horrible cri.
Tandis qu'au sein de tant de catastrophes
Les généreux et hardis philosophes,
Malgré la mort marchant de rang en rang,
Leur répondaient: « Des loix et non du sang. »
Une cohorte inhumaine, imbécile,
Pour cette phrase a massacré Camille.
Que dis-je? enfin l'auteur de Fénélon
A peine échappe à l'infernale horde
Que des serpens nourris par la discorde
A flots sur lui font jaillir le poison.
Une autre troupe, à longue oreille d'âne,
Fougueuse, rue et brait à l'unisson.
Lâches faquins, toujours en oraison

Devant l'idole orgueilleuse et profane,
Que dans le jour adore un peuple oison.
La même voix qui prôna Robespierre
Chante en l'honneur aujourd'hui du saint-père.

Troupe de sots, de fripons, de pervers
Que le vrai sage à juste titre berne;
Si l'on en croit votre prose et vos vers,
De nos penseurs la doctrine est moderne.
Vous, qui sans honte affichez ce travers,
Sachez de moi que la philosophie,
Qu'en tous les tems l'esprit droit déifie,
Est sans bandeau née avec l'univers.
La platte erreur que sema votre clique
A pu mille ans voiler son front antique :
Mais dans la Grèce obtenant des autels,
Elle a conquis avant vous les mortels;
De grands débris nous en offrent des preuves.
Seules, pour l'homme instruit, de bonne-foi,
Votre marotte et votre inepte loi
Sont, mes amis, tyranniques et neuves.
Oui, vos démons, vos modernes romans
Ont de la terre expulsé le bon sens;
Dans les cœurs fiers ont éteint l'énergie.
A la science, aux plus beaux sentimens
D'un peuple lourd, crapuleux, sans génie,
On vous a vu, ténébreux pénitens,
Substituer la lèpre et la manie.
Quoi, du vieux tems les peuples estimés
Furent en Juifs tout-à-coup transformés !

Vous fîtes-là , sans doute , un bel ouvrage.
Vous arrachez l'homme à l'humanité ,
A la patrie , à l'honneur , au courage ,
Aux doux transports de la paternité ,
Pour l'enterrer dans la divinité.
Dites jamais (Politique ou *Céleste*)
A la morale , à la société ,
Opinion fut-elle plus funeste ?
Mais , dites-vous , je tais la vérité.
Cloîtres obscurs , déserts je vous atteste ;
N'avez-vous pas cent fois dans votre sein
Vu s'engloutir des victimes humaines ?
Et pour quel but ? Quel funèbre dessein
Leur fit traîner de si pénibles chaînes
Dans les cachots , les jeûnes , les dégoûts ?
Pourquoi choisir ce long cercle de peines
De préférence aux nœuds sacrés d'époux ?
Pour être admis aux célestes domaines ,
Pour détourner le bras d'un dieu jaloux ,
Toujours rempli de haine et de courroux
Contre l'hymen et ses douceurs mondaines.
Système faux et dépopulateur ;
Par vous la terre allait être déserte ,
Du genre humain vous consommiez la perte
Afin de plaire à son sublime auteur.
Mais , tout-à-coup , des cendres de la Grèce
Renaît et sort la divine sagesse ;
A son aspect les bigots ont pâli.
Au célibat cette antique déesse
A dérobé l'univers avili.

De ses bienfaits voilà pourtant l'histoire ;
Vils imposteurs et vous calomniez
Son règne heureux, ses charmes, sa victoire,
Ses sentimens jadis déïfiés
Par cent héros sacrés à la mémoire !
Malgré vos cris, vos absurdes clameurs,
Elle a couvert l'antiquité de gloire ;
Et sa morale, en épurant les mœurs,
Orne son front encor d'un nouveau lustre.
Par elle Sparte, en un mot, fut illustre.
Tremblez, grimauds, à cet auguste nom ;
Ce que l'histoire en tous lieux en raconte
Doit vous couvrir d'une éternelle honte.
Cela vaut bien la fable du démon,
Et de ce saint fameux par son cochon ;
Des Cordeliers les longues disciplines
Des Bernardins les burlesques matines,
Sparte offre encor au sein de ses ruines
A notre Europe une grande leçon.
Dans ses foyers la seule idolâtrie,
Ainsi qu'à Rome, était pour la patrie,
Les magistrats, la famille, les lois.
Non pour l'enfant d'une Vierge Marie
Depuis mille ans étendu sur la croix.
De cette erreur, sotte et pusillanime,
Peut-il germer un sentiment sublime ?
Loin d'enflammer des cœurs républicains,
Elle fera toujours des capucins.
Persécuteurs de la philosophie,
A qui les Grecs doivent-ils leurs vertus,

Leurs mœurs, leurs arts, leur grandeur, leur génie?
A la lumière, objet de vos rebuts,
A leur portique, à leurs illustres sages,
Dont les leçons perçant la nuit des âges,
A notre siècle ont offert leurs tributs.

Il est un point, au moment où nous sommes,
Qu'il faut enfin peser sans passion.
Pour leur bonheur faut-il tromper les hommes,
Ou bien loin d'eux chasser l'illusion ?
Comment résoudre un semblable problême
Sans répéter ce qu'on a dit ailleurs ?
Remplis, hélas ! d'une sottise extrême
Pauvres humains, en êtes vous meilleurs ?
Interrogeons un peu l'expérience :
La barbarie, imbéciles jongleurs,
N'est-elle pas fille de l'ignorance?
Combien d'abus en devoirs érigés !
Combien d'erreurs éparses sur la terre,
Germe secret d'une éternelle guerre !
Combien, au cri des sombres préjugés,
D'hommes proscrits, de peuples égorgés !
De sa chimère un sot trop idolâtre,
En sa faveur s'arme et lutte avec feu.
Combien l'idée et le seul nom de Dieu
Coûta de sang au monde opiniâtre !
Il est l'auteur des superstitions
Que sur la terre ont vomi tant de crimes ;
Il a soudain rempli les nations
D'autels sanglans, de bûchers, de victimes,

Combien d'écrits, de thèses, de combats
Pour un système entouré de nuages ,
Que dans ce jour nos illustrés , nos sages
Prêchent tout haut, sans y croire tout bas !
Les songes vains et les fausses idées
Sont le fléau , la honte des mortels.
Les nations par elles dégradées ,
Tristes jouets du trône et des autels ,
N'ont que des fils absurdes et cruels.
Voulez-vous donc rendre heureux vos semblables
Et franchement ressusciter les mœurs ?
Sans recourir à de vaines clameurs ,
Ecartez d'eux la misère et les fables :
Mais si vos cœurs altiers , insatiables ,
Veulent ravir tous les biens à-la-fois ,
Vos citoyens opprimés , misérables ,
Par-là changés en troupeaux méprisables ,
De la morale entendront-ils la voix ?
Non , non , sans doute ; au sein de nos familles ,
Avec l'aisance un peu de liberté ;
De sages lois , naîtront la probité ,
Le chaste hymen , l'amour vierge des filles.
Mais quand on voit le luxe d'un côté ,
L'énorme abus de toutes les richesses :
De l'autre , hélas ! l'infâme pauvreté ,
Egoût impure des maux et des bassesses ,
Est-il un frein à l'immoralité ?
De toutes parts bientôt le vice abonde.
Qu'arrive-t-il ? votre état infecté
Devient l'opprobre et le rebut du monde.

Posez le masque aujourd'hui, devant nous,
Vils imposteurs, méprisables esclaves ;
A la raison ne donnez plus d'entraves
Et, fatigués de courber les genoux,
N'enchaînez plus l'univers avec vous.

NOTES.

A des raisons opposer des injures,

Qu'a-t-on répondu aux sarcasmes de Voltaire, à l'éloquence entraînante de Jean-Jacques, aux réfutations de Boulenger, de Freret, aux dissertations savantes de Bayle? Des injures. Qu'a-t-on répondu, de nos jours, à l'auteur des Nouveaux Saints? Des injures. Il faut qu'une cause soit bien mauvaise, bien dépourvue de sens commun, lorsque ceux qui la défendent n'ont que des injures à opposer à des Raisons.

Criez par-tout à la chûte des mœurs.

La corruption des mœurs reconnaît-elle pour principe l'absence des idées religieuses, ainsi qu'on le voudrait persuader à la multitude ? Non, le penseur, loin d'adopter un pareil sophisme, ne peut se dissimuler que la cause de la corruption est dans le défaut des institutions, des bonnes lois, des usages conservateurs de la chasteté. Chez les Romains et les Grecs les femmes étaient retenues par la coutume au sein de la famille; elles n'étaient pas sans cesse mêlées avec les hommes, comme chez les peuples modernes de l'Europe, et sur-tout chez nos galans Français, où le bel usage a introduit ce mélange corrupteur. Tant, je le répète, que le beau sexe ne sera pas contenu par des lois sévères, malgré les religions les plus extravagantes, vous n'aurez point de mœurs. Créez des institutions, des lois repressives de l'impudeur et de la licence des femmes : elles seules portent dans leur sein le dépôt de la félicité des familles particulières, et par conséquent du bonheur de la grande famille : mais gardez le culte romain avec son clergé célibataire et toutes les vertus sont bannies à jamais de vos foyers. Des prêtres jeunes et sans aucunes liaisons, investis du privilège de communiquer à chaque instant du jour, et de converser tête à tête avec les vierges et les épouses, est un abus qu'un état, à moins d'être en démence, ne peut tolérer ; qu'un gouvernement sage doit se hâter d'extirper comme une source éternelle de corruption, comme un désordre qui, sous l'ombre sacré du cagotisme, fait déborder tous les excès de la luxure monacale.

D'un Peuple qui radote.

J'avertis que je n'entends point par Peuple la nation entière : mais cette poignée de gens irréfléchis, échos et admirateurs des fausses idées que les gazettes du jour sement à dessein dans le public ; de ces gens à la fois idolâtres et victimes des sottises à la mode.

Par fois suivi d'un bel auto-da-fé.

Si l'on n'a pas établi l'inquisition en France, ce n'est pas la faute du clergé, qui s'est bien remué pour arriver à cet heureux résultat. Doute-t-on que, si Louis XV fût mort des suites du coup que lui porta Damiens, son bigot de fils n'eût fondé ce tribunal extravagant et barbare ? Mais, si nous n'avions pas tout-à-fait les juges du saint office, n'avions-nous pas l'équivalent ? Les magistrats d'Abbeville et de Toulouse, mus par le zéle de la religion, n'ont-ils pas immolé des victimes à la superstition, tandis que les bûchers de Madrid et de Lisbonne étaient même éteints ?

Dans ce monde étaient cuits.

Etre brûlé dans ce monde et toute l'éternité dans l'autre est une vengeance bien rafinée de la part d'un dieu tout clément. Que les prêtres, en édifiant leur empire, savaient bien ce qu'ils faisaient ! Jamais systéme tyrannique ne fut mieux organisé, aussi a-t-il duré dix huit cents ans, et qui sait combien il durera encore ?

A Pezenas etc.

Rappellez-vous la révocation de l'édit de Nantes, la chasse faite dans les Cevennés aux gens, pourvus encore du sens commun, appellés Huguenots. Fut-il rien d'égal à cette persécution, commandée cependant sous le règne doux et humain de nos derniers Bourbons ?

Poser le masque à ce monstre odieux

La mémoire de Molière est en exécration à nos bigots : mais, comme sa réputation est faite et sanctionnée par un siècle et demi, ils n'osent pas l'attaquer ouvertement ; mais ils se déchaînent contre Voltaire parcequ'il a fait Mahomet. L'auteur malin de Jeanne-d'Arc les choque moins en lui que le peintre abominable du fanatisme.

Qui peut donner un roman, en effet,
Inférieur même au Petit Poucet, etc.

Un des mille argumens usés de nos prêtres est celui-ci :
« Vous croyez bien aux victoires d'Alexandre, à celles
» d'Annibal, à celles de César et vous ne croyez pas
« aux miracles de Jésus ! » Certes, ces messieurs ont
une logique conséquente et victorieuse de la raison. Ils
forcent l'incrédulité dans son dernier retranchement.
Que répondrait-on cependant à un illuminé qui, dans
mille ans, adoptant les contes des fées pour articles
de foi, s'écrierait : « Profanes, vous croïez aux vic-
» toires de Turenne, aux exploits de Moreau, aux
» prodiges de Bonaparte et vous ne croïez point à la
» Barbe-Bleue, au Petit-Poucet ? » Qu'aurait-on à ré-
pondre à cet insensé ? la même chose qu'au fanatique
de nos jours. Mais quelle différence, dira quelqu'un !
ma foi, je n'en vois pas une si grande, et je crois que
le diable, envoyé par Jésus dans un troupeau de co-
chons, égale bien en absurdité, s'il ne la passe, l'histoire des bottes de sept lieues du Petit Poucet : mais
plus un conte choque le sens commun, et plus il a de
vogue chez le vulgaire. Les prêtres avaient cette grande
vérité présente quand ils ont fabriqué leur roman
religieux. Écoutez ce que dit à ce sujet l'*Intriguant*
Politique, personnage d'une comédie en cinq actes,
intitulée de ce nom, qui n'a pas encore vu le jour.
La Fleur, valet-confident, s'entretient dans un frag-
ment de scène, avec Rigauder, héros de la pièce,